LE SERPENT

JUSTIFICATION DU TIRAGE

6 exemplaires sur vieux japon à la forme, avec trois suites, dont 2 en couleur; 2 dessins originaux et 5 dessins originaux des bandeaux ou culs-de-lampe.

25 exemplaires sur japon impérial, avec 3 suites, dont 2 en couleur.

169 exemplaires sur hollande Van Gelder, avec 2 suites, dont une en couleur.

1 exemplaire pour la Bibliothèque de l'Institut.

14 exemplaires d'Auteur, numérotés en chiffres romains.

15 exemplaires, hors commerce, marqués de A à O.

Tous les exemplaires sont signés par l'auteur et l'éditeur.

PAUL VALÉRY

DE L'ACADÉMIE FRANÇAISE

LE SERPENT

ILLUSTRÉ
DE QUINZE COMPOSITIONS ORIGINALES EN LITHOGRAPHIE
PAR
JEAN MARCHAND

ET DE VINGT-QUATRE BANDEAUX ET SEPT CULS-DE-LAMPE DESSINÉS
ET GRAVÉS AU CANIF
PAR
SONIA LEWITSKA

PARIS
ÉDITIONS EOS
1926

A HENRI GHÉON

NOTE DE L'AUTEUR

Je me sens le devoir très agréable de remercier ici les artistes qui ont prêté à ce Serpent, *l'un, les formes et les ombres puissantes du drame immémorial dont ce poème dérive et n'est qu'une faible interprétation ; l'autre, un ornement continu du goût le plus primitif, mais le plus subtil, comme il était désirable qu'il le fût pour accompagner la méditation du plus rusé des animaux.*

Jean Marchand, *se privant cette fois des ressources et de la diversité toute faite des couleurs, en retrouve et en restitue les effets par les moyens de la lithographie. Il attaque sur la pierre l'empire absolu du noir et du blanc, et se réduisant à ces richesses abstraites, il tire des profondeurs du royaume de l'encre tout ce que le sujet lui demande de lumières et de ténèbres, de feuilles, de chair pure et d'écailles. Les qualités connues de* Marchand, *sa fidélité studieuse à la nature, son sentiment de la composition et le souci constant qu'il montre de la solidité de ses figures et de leurs sites, se sont ici changées dans des facultés inventives et haussées à la représentation tragique et fantastique d'un drame essentiel qui se passe par delà le Vrai et le Faux.*

En regard de ces grandes images significatives, coule ou rampe une chaîne, une suite toute ophidienne d'éléments ornementaux, de segments gravés de symboles simples, variés de page en page, fuyant sur le front des strophes, et ne cessant de faire régner dans la hauteur au-dessus du texte, je ne sais quelle impression de la présence d'un reptile. Rien ne pouvait être plus conforme à l'ouvrage, plus discrètement suggestif des intentions qu'il contient, que cet accompagnement singulier d'inventions décoratives si volontaires et cependant si heureuses. Je rends grâces aux rarissimes talents de Madame Sonia Lewitska.

Eos *a fait naître un beau livre. Il y a mis des soins et un désir que je louerais plus à mon aise s'il n'était dans nos usages que les auteurs ne fissent point de compliments à leurs éditeurs.*

P. V.

PARMI l'arbre, la brise berce
La vipère que je vêtis;
Un sourire que la dent perce
Et qu'elle éclaire d'appétits,
Sur le Jardin se risque et rôde,

Et mon triangle d'émeraude
Tire sa langue à double fil...
Bête je suis, mais bête aiguë,
De qui le venin quoique vil
Laisse loin la sage ciguë!

SUAVE est ce temps de plaisance !
Tremblez, mortels ! Je suis bien fort
Quand jamais à ma suffisance,
Je bâille à briser le ressort !
La splendeur de l'azur aiguise
Cette guivre qui me déguise
D'animale simplicité ;
Venez à moi, race étourdie !
Je suis debout et dégourdie,
Pareille à la nécessité !

SOLEIL, soleil !... Faute éclatante !
Toi qui masques la mort, Soleil,
Sous l'azur et l'or d'une tente
Où les fleurs tiennent leur conseil ;
Par d'impénétrables délices,
Toi, le plus fier de mes complices,
Et de mes pièges le plus haut
Tu gardes les cœurs de connaître
Que l'univers n'est qu'un défaut
Dans la pureté du Non-Être !

GRAND Soleil, qui sonnes l'éveil
A l'être, et de feux l'accompagnes,
Toi qui l'enfermes d'un sommeil
Trompeusement peint de campagnes,
Fauteur des fantômes joyeux
Qui rendent sujette des yeux
La présence obscure de l'âme,
Toujours le mensonge m'a plu
Que tu répands sur l'absolu
O Roi des ombres fait de flamme !

VERSE-MOI ta brute chaleur,
Où vient ma paresse glacée
Rêvasser de quelque malheur
Selon ma nature enlacée...
Ce lieu charmant qui vit la chair

Choir et se joindre m'est très cher !
Ma fureur, ici, se fait mûre.
Je la conseille et la recuis,
Je m'écoute, et dans mes circuits,
Ma méditation murmure...

O vanité ! Cause Première !
Celui qui règne dans les Cieux,
D'une voix qui fut la lumière
Ouvrit l'univers spacieux.
Comme las de son pur spectacle,
Dieu lui-même a rompu l'obstacle
De sa parfaite éternité ;
Il se fit Celui qui dissipe
En conséquence, son Principe,
En étoiles, son Unité.

CIEUX, son erreur ! Temps, sa ruine
Et l'abîme animal, béant !...
Quelle chute dans l'origine
Etincelle au lieu du néant !...
Mais, le premier mot de son Verbe,
MOI !... Des astres le plus superbe
Qu'ait parlés le fou créateur,
Je suis !... Je serai !... J'illumine
La diminution divine
De tous les feux du Séducteur !

OBJET radieux de ma haine,
Vous que j'aimais éperdument,
Vous qui dûtes de la géhenne
Donner l'empire à cet amant,
Regardez-vous dans ma ténèbre !
Devant votre image funèbre,
Orgueil de mon sombre miroir,
Si profond fut votre malaise
Que votre souffle sur la glaise
Fut un soupir de désespoir !

En vain, Vous avez, dans la fange,
Pétri de faciles enfants,
Qui de Vos actes triomphants
Tout le jour Vous fissent louange !
Sitôt pétris, sitôt soufflés,
Maître Serpent les a sifflés,
Les beaux enfants que Vous créâtes !
Holà ! dit-il, nouveaux venus !
Vous êtes des hommes tout nus,
O bêtes blanches et béates !

A la ressemblance exécrée,
Vous fûtes faits, et je vous hais !
Comme je hais le Nom qui crée
Tant de prodiges imparfaits !
Je suis Celui qui modifie,

Je retouche au cœur qui s'y fie,
D'un doigt sûr et mystérieux !...
Nous changerons ces molles œuvres,
Et ces évasives couleuvres
En des reptiles furieux !

MON innombrable Intelligence
Touche dans l'âme des humains
Un instrument de ma vengeance
Qui fut assemblé de tes mains;
Et ta Paternité voilée,
Quoique, dans sa chambre étoilée,
Elle n'accueille que l'encens,
Toutefois l'excès de mes charmes
Pourra de lointaines alarmes
Troubler ses desseins tout-puissants!

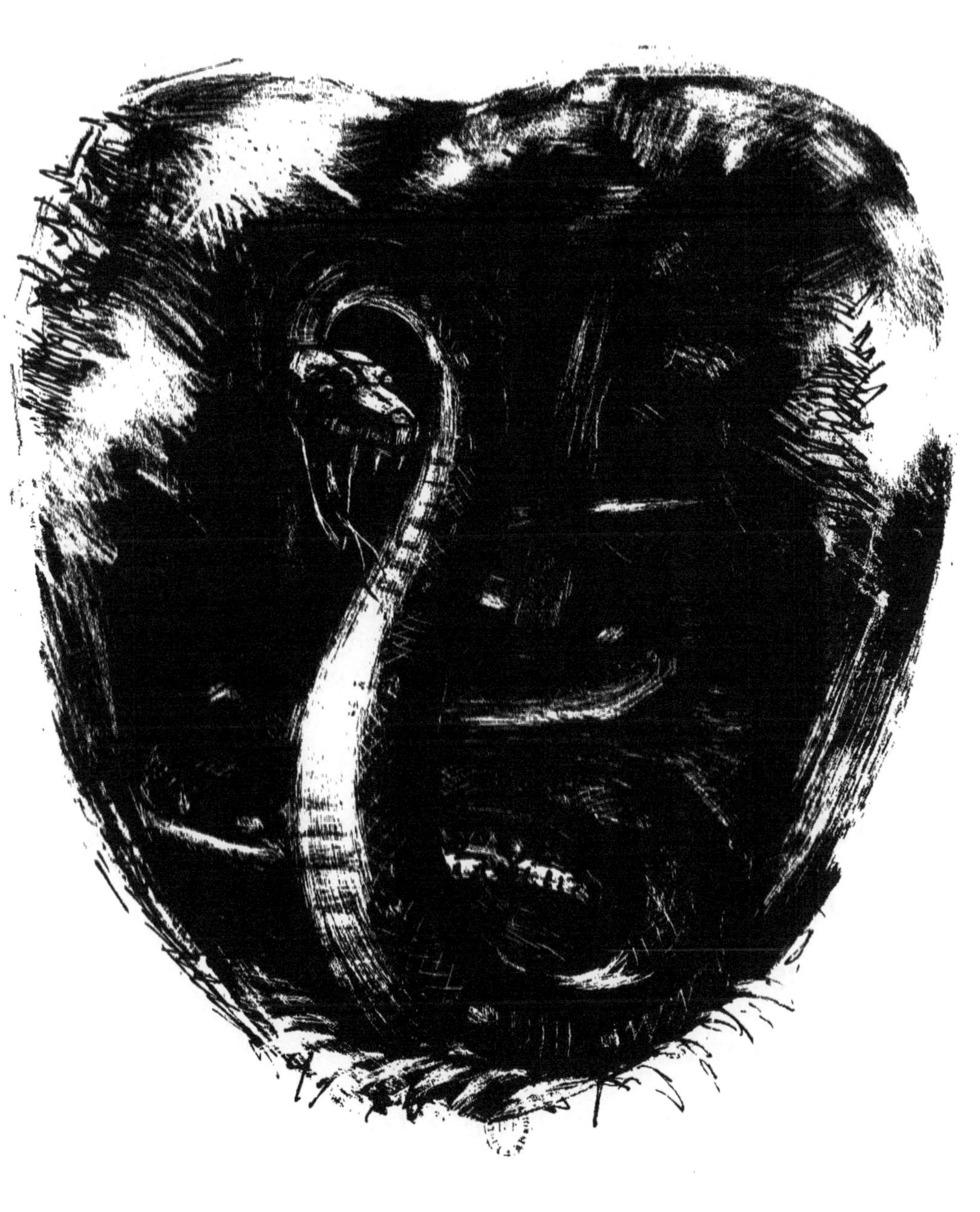

JE vais, je viens, je glisse, plonge,
Je disparais dans un cœur pur !
Fut-il jamais de sein si dur
Qu'on n'y puisse loger un songe ?
Qui que tu sois, ne suis-je point
Cette complaisance qui poind
Dans ton âme, lorsqu'elle s'aime ?
Je suis au fond de sa faveur
Cette inimitable saveur
Que tu ne trouves qu'à toi-même !

EVE, jadis, je la surpris,
Parmi ses premières pensées,
La lèvre entr'ouverte aux esprits
Qui naissaient des roses bercées.
Cette parfaite m'apparut,
Son flanc vaste et d'or parcouru
Ne craignant le soleil ni l'homme;
Tout offerte aux regards de l'air,
L'âme encore stupide, et comme
Interdite au seuil de la chair.

O masse de béatitude,
Tu es si belle, juste prix
De la toute sollicitude
Des bons et des meilleurs esprits !
Pour qu'à tes lèvres ils soient pris
Il leur suffit que tu soupires !
Les plus purs s'y penchent les pires,
Les plus durs sont les plus meurtris...
Jusques à moi, tu m'attendris,
De qui relèvent les vampires !

OUI ! De mon poste de feuillage,
Reptile aux extases d'oiseau,
Cependant que mon babillage
Tissait de ruses le réseau,
Je te buvais, ô belle sourde !

Calme, claire, de charmes lourde,
Je dominais furtivement,
L'œil dans l'or ardent de ta laine,
Ta nuque énigmatique et pleine
Des secrets de ton mouvement !

J'ÉTAIS présent comme une odeur,
Comme l'arome d'une idée
Dont ne puisse être élucidée
L'insidieuse profondeur !
Et je t'inquiétais, candeur,
O chair mollement décidée,
Sans que je t'eusse intimidée,
A chanceler dans la splendeur !
Bientôt, je t'aurai, je parie,
Déjà ta nuance varie !

(LA superbe simplicité
Demande d'immenses égards !
Sa transparence de regards,
Sottise, orgueil, félicité,
Gardent bien la belle cité !
Sachons lui créer des hasards,
Et par ce plus rare des arts,
Soit le cœur pur sollicité !
C'est là mon fort, c'est là mon fin,
A moi les moyens de ma fin !)

OR, d'une éblouissante bave,
Filons les systèmes légers
Où l'oisive et l'Ève suave
S'engage en de vagues dangers!
Que sous une charge de soie,
Tremble la peau de cette proie
Accoutumée au seul azur!...
Mais de gaze point de subtile,
Ni de fil invisible et sûr,
Plus qu'une trame de mon style!

DORE, langue ! dore-lui les
Plus doux des dits que tu connaisses !
Allusions, fables, finesses,
Mille silences ciselés,
Use de tout ce qui lui nuise :
Rien qui ne flatte et ne l'induise
A se perdre dans mes desseins,
Docile à ces pentes qui rendent
Aux profondeurs des bleus bassins
Les ruisseaux qui des cieux descendent.

O quelle prose non pareille,
Que d'esprit n'ai-je pas jeté
Dans le dédale duveté
De cette merveilleuse oreille!
Là, pensai-je, rien de perdu;

Tout profite au cœur suspendu!
Sûr triomphe! si ma parole,
De l'âme obsédant le trésor,
Comme une abeille une corolle
Ne quitte plus l'oreille d'or!

« RIEN, lui soufflais-je, n'est moins sûr
Que la parole divine, Ève!
Une science vive crève
L'énormité de ce fruit mûr!
N'écoute l'Être vieil et pur
Qui maudit la morsure brève!
Que si ta bouche fait un rêve,
Cette soif qui songe à la sève,
Ce délice à demi futur,
C'est l'éternité fondante, Ève! »

ELLE buvait mes petits mots
Qui bâtissaient une œuvre étrange;
Son œil, parfois, perdait un ange
Pour revenir à mes rameaux.
Le plus rusé des animaux
Qui te raille d'être si dure,
O perfide et grosse de maux,
N'est qu'une voix dans la verdure!
— Mais sérieuse l'Ève était
Qui sous la branche l'écoutait!

« AME, disais-je, doux séjour
De toute extase prohibée,
Sens-tu la sinueuse amour
Que j'ai du Père dérobée?
Je l'ai, cette essence du Ciel,
A des fins plus douces que miel
Délicatement ordonnée...
Prends de ce fruit... Dresse ton bras!
Pour cueillir ce que tu voudras
Ta belle main te fut donnée! »

QUEL silence battu d'un cil !
Mais quel souffle sous le sein sombre
Qui mordait l'Arbre de son ombre !
L'autre brillait comme un pistil !
— Siffle, siffle ! me chantait-il !
Et je sentais frémir le nombre,
Tout le long de mon fouet subtil,
De ces replis dont je m'encombre :
Ils roulaient depuis le béryl
De ma crête, jusqu'au péril !

GÉNIE ! O longue impatience !
A la fin, les temps sont venus,
Qu'un pas vers la neuve Science
Va donc jaillir de ces pieds nus !
Le marbre aspire, l'or se cambre !

Ces blondes bases d'ombre et d'ambre
Tremblent au bord du mouvement !...
Elle chancelle, la grande urne
D'où va fuir le consentement
De l'apparente taciturne !

Du plaisir que tu te proposes
Cède, cher corps, cède aux appâts !
Que ta soif de métamorphoses
Autour de l'Arbre du Trépas
Engendre une chaîne de poses !
Viens sans venir ! Forme des pas
Vaguement comme lourds de roses...
Danse, cher corps... Ne pense pas !
Ici les délices sont causes
Suffisantes au cours des choses !...

O follement que je m'offrais
Cette infertile jouissance :
Voir le long pur d'un dos si frais
Frémir la désobéissance !...
Déjà délivrant son essence
De sagesse et d'illusions,
Tout l'Arbre de la Connaissance
Échevelé de visions,
Agitait son grand corps qui plonge
Au soleil, et suce le songe !

ARBRE, Grand Arbre, Ombre des Cieux,
Irrésistible Arbre des arbres,
Qui dans les faiblesses des marbres,
Poursuis des sucs délicieux,
Toi qui pousses tels labyrinthes
Par qui les ténèbres étreintes
S'iront perdre dans le saphir
De l'éternelle matinée,
Douce perte, arome ou zéphir,
Ou colombe prédestinée,

O Chanteur, ô secret buveur
Des plus profondes pierreries,
Berceau du reptile rêveur
Qui jeta l'Ève en rêveries,
Grand Être agité de savoir,
Qui toujours, comme pour mieux voir,
Grandis à l'appel de ta cime,
Toi qui dans l'or très pur promeus
Tes bras durs, tes rameaux fumeux,
D'autre part, creusant vers l'abîme,

Tu peux repousser l'infini
Qui n'est fait que de ta croissance,
Et de la tombe jusqu'au nid
Te sentir toute Connaissance !
Mais ce vieil amateur d'échecs,
Dans l'or oisif des soleils secs,
Sur ton branchage vient se tordre ;
Ses yeux font frémir ton trésor.
Il en cherra des fruits de mort,
De désespoir et de désordre !

BEAU serpent, bercé dans le bleu,
Je siffle, avec délicatesse,
Offrant à la gloire de Dieu
Le triomphe de ma tristesse...
Il me suffit que dans les airs

L'immense espoir de fruits amers
Affole les fils de la fange...
— Cette soif qui te fit géant,
Jusqu'à l'Être exalte l'étrange
Toute-Puissance du Néant!

ACHEVÉ D'IMPRIMER LE QUATRE DÉCEMBRE MIL NEUF CENT VINGT-SIX, POUR LE TEXTE ET LES BOIS SUR LES PRESSES DU MAITRE IMPRIMEUR COULOUMA, A ARGENTEUIL, H. BARTHÉLEMY ÉTANT DIRECTEUR; POUR LA LITHOGRAPHIE PAR E. DESJOBERT, IMPRIMEUR D'ART A PARIS; ET POUR LA COUVERTURE PAR R. PICHON, CHARPENTIER & RIBY

A PARIS

NOTE DE L'ÉDITEUR

Le poème du « SERPENT » ayant inspiré plus de compositions à l'artiste que celui-ci n'en prévoyait à l'origine, nous pensons être agréable aux Bibliophiles en leur offrant les essais et les variantes au lieu des suites habituelles.

Les états des lithographies au lavis, compris dans la première suite, devaient être tirés en bistre, nous avons préféré nous en tenir au noir, qui nous donnait des épreuves plus belles.

Ces quelques modifications apportées au plan primitif se justifient par le fait même que le volume contient onze compositions de plus que n'en attendaient les souscripteurs.

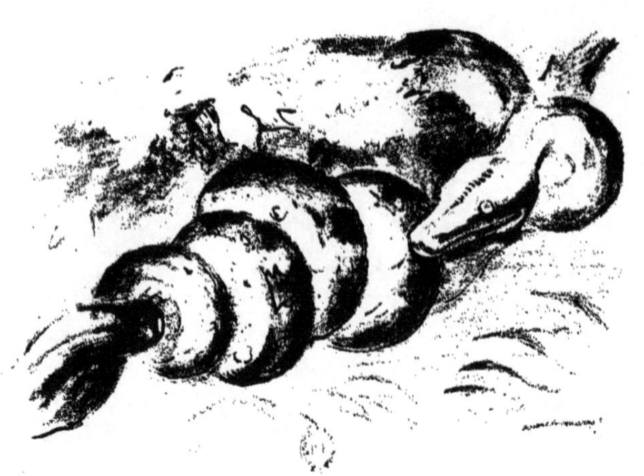

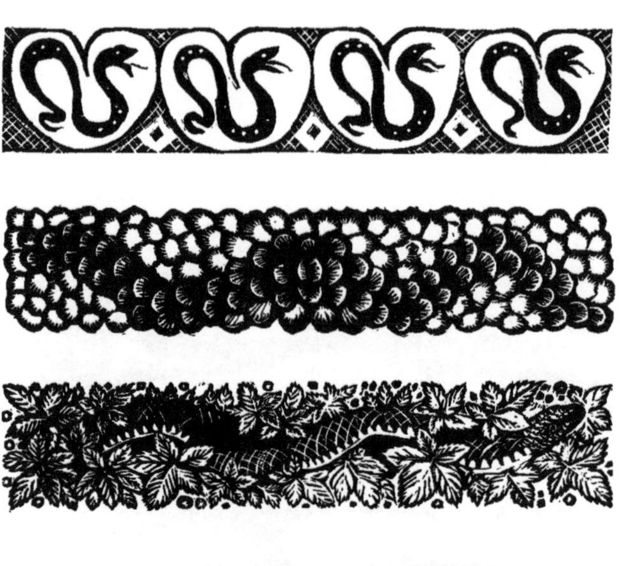

www.ingramcontent.com/pod-product-compliance
Ingram Content Group UK Ltd.
Pitfield, Milton Keynes, MK11 3LW, UK
UKHW020352180726
13839UKWH00003B/1063

9 782329 198927